U0015744

幸福留言板

# 花飄落我懷裡

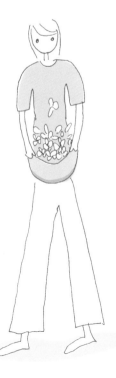

薰衣草森林
兩個女生的幸福繪本

詹慧君 著

# 反芻幸福

初升的陽光穿過竹林落在通往薰衣草森林尖石店的山徑上，天氣晴朗的假日代表這又將是個忙碌的一天，車子急轉過彎道後，路邊自己畫的路牌倏然躍入了視線中。

「我們走太快，靈魂會跟不上。」──路牌上這樣寫著。

不走快也不行，園區門口現在一定已經密密的排滿了等候入園的顧客，再過二十分鐘開始營業之後，整天會忙得連靈魂在哪裡都不知道。

細細品味美好的事物，用心傾聽自己的聲音。七年前剛開薰衣草森林時，是抱著這種期待上山的，山上沒有城市裡匆忙的人潮在身後催促，可以悠閒的在花香鳥語中細細品味香濃咖啡，和靈魂為伴，用畫筆留住幸福的浮光掠影。

不過當匆忙的城市人不斷湧進森林時，我也不得不加快腳步趕上急速成長的業績，犧牲自己的悠閒讓更多人到這裡來享受悠閒，我想這樣的交換是值得的。生活中仍有美好的事物，只是它們都以32倍快轉速度流逝而過，被倉卒的塞進記憶中的某個角落。

我以為這種忙碌的日子會理所當然的持續下去，就像太陽落下隔天還會升起一樣。但是在今年七月某個平凡的一天一場作陪的健康檢查之後，卻意外發現自己得了肺腺癌，像是天外飛來的一顆巨石，轟然墜落眼前將路途阻斷。理所當然的生命變成毫無道理，當時身體毫無不適的我完全無法感受癌症的真實性，生命怎會不給任何預告就轉了大彎呢？

我一直等著醫生來跟我說是檢查報告弄錯了，或者起碼說，沒有關係，打個針吃幾天藥就沒事了。

但巨石依舊不動的攔阻在眼前。

　　我沒有特定的宗教信仰，所以內在信念的支撐對我而言就更為重要，我始終認為，命運會展現什麼樣的風景未必是我所能掌握的，但我絕對可以掌握自己看待風景的心情。生病讓我感受到週遭親友同事無止盡的愛與溫暖，讓我體會到無常生命裡分秒都是難得的禮物，讓我看待事物有了不一樣的視角，我像是綠野仙蹤裡的桃樂絲，被一陣突來的風颳進了奇幻的森林裡。

　　目前暫時放下工作、積極進行治療休養的我，也意外的多出許多時間，可以細細審視那些過往囫圇吞棗的幸福，用慢轉32倍速倒帶的方式，從記憶角落中一件件的把這些美好事物拿出來重新回味反芻，而這本繪本書便是開啟記憶之門的鑰匙，藉由這六年多來隨手畫下當時心情的插畫，跟自己也跟大家分享塵封多時的幸福，同時也將此繪本獻給所有關懷支持我的人，請大家不要為我擔心。

詹慧君　2008年11月

感謝你們對我的愛.
彷彿是天使、從天而降
帶來一顆一顆的心.
給我 ♡ 大大的力量度過難關.

# 生命里程碑

　　七年前我和互不相識的慧君因為共同的夢想而創辦了薰衣草森林，當時慧君負責畫店招與路牌，簡單線條流露出無邪的純真，讓我看了不禁懷疑她真的是待過台北外商銀行的時尚女子嗎？後來和慧君處熟了，才明白她的個性就跟畫中一樣的天真浪漫。

　　慧君的浪漫是沒有上下班之分的，記得第一年某個午後在森林咖啡館開會時，我和主廚為了出菜流程爭執到快要打起來了，忽然一旁的慧君轉頭過來滿臉陶醉的說，「你們看，外面樹林裡的陽光好漂亮！」當慧君神遊的時候，我就感到前途堪慮，怎會找了一個如此浪漫的人來合夥？不過會計出身的慧君也常笑我對數字毫無概念，半斤八兩的我們就這麼相互扶持一路走過了辛苦的創業旅程。

　　幾個月前驚聞慧君得了肺腺癌，平常開朗多話的我，在看見慧君因化療而掉光頭髮時，難過得一句話都說不出，反倒是慧君輕鬆的安慰我說，重新長出來的頭髮會更烏黑閃亮……

　　慧君曾說，「當你下決心去完成一件事情時，天地之心會被感動而幫助你的。」我相信天地諸神一定都感受到了慧君對生命的熱情與毅力，慧君的決心從來不是那種敲鑼打鼓大肆宣揚式的，七年前她換下套裝與高跟鞋，穿著T恤牛仔褲頭戴草帽默默種下的薰衣草，如今已蔓延成一座美麗的紫色森林，在生命的高處另一個挑戰正向她招手，邀她朝更高遠開闊的境界攀升而上。

　　記錄慧君多年來幸福點滴的繪本書在此時出版，有如新舊生命交替的里程碑，刻畫著慧君的來時路，也宣示新旅途的開始。

薰衣草森林 兩個女生　林庭妃

# 淺層地震美學的魅力

　　薰衣草森林的成功，是一個很典型的臺灣經驗，支撐這個經驗的，則是一種可稱為淺層地震美學的品味。這裡借用的淺層概念，指的是它雖不帶有任何深重的調性，影響力卻無遠弗屆，就像一些級別大的淺層地震一樣。

　　人們到薰衣草森林一遊，常常留下「感動」的印象，那裡不堆砌奢華的消費元素也不標榜險峻的意識型態，純粹用心於讓人淺嘗生活裡的各種小樂趣，你我自然會改用溫暖而輕鬆的眼光看世界，在一個令人愈來愈沮喪的大環境裡，薰衣草森林簡單直接到近乎夢幻，因此也提供了一個真正的無壓力空間。

　　有了這樣的理解，再去看它創辦人的其他作品，像是慧君的繪本，就更能體會這種淺層地震美學的魅力了。在那些單純到不行的線條與故事背後，是一顆好誠懇好細膩的心，隨著慧君的筆觸和心跳，所有因為受傷失落而築起的高牆都顯得無稽。

　　不過不管慧君其人其事多麼具有童話色彩，真正能帶來持續餘震的，是她、庭妃和她們團隊的平實操勞。換句話說，這些人不只是夢想家，也是篤行者。那些蓬鬆的雲朵裡，包裹著堅定的雨滴，努力不懈地灌漑著看似不可能的計畫。是這樣奇妙的組合，才讓淺層地震引動了人心一圈又一圈的漣漪，而她們的成功，也有了更大的意義。

　　慧君這本繪本問世之日，可能也是臺灣社會最缺乏「相信」的力量之時，所以我衷心希望慧君的繪本可以一直畫下去，為了她自己，也為每一個還願意「相信」的讀者。

芳香療法講師、肯園國際公司負責人　溫佑君

# 單純的幸福

　　和慧君認識快20年了，20年間的變化讓人難以想像，沒有人會想到這個當時白天擔任會計、晚上到大學夜間部唸書的女生，20年後會成為台灣休閒產業界的創業傳奇。但在巨大的改變中，慧君某些不變的特質彷彿是延續的線索般連結著20年前後的兩端，例如她看待事物的單純態度。

　　因為單純，不擅長複雜思考的慧君全憑直覺去感受與判斷。當初她向銀行提出辭呈準備到山上開薰衣草森林時，她的主管問了她許多經營上專業的問題，把慧君問得一頭霧水。她想，不過是單純的想開家小咖啡店種種香草，有那麼複雜嗎？

　　感動源自內心直接與事物產生共鳴，這種單純可以超越現實的功利沾染。有一次我在森林咖啡館前遇見憑欄出神的慧君，我以為她在思考工作上的事情，沒想到她忽然指著前面的梅樹對我說，你看那裡孤單的開了一朵梅花，開得太早了，就像搞錯了演出時間的舞者站上空無一人的舞台，這朵花的心裡一定很難過。

　　於是我知道，她仍是當初我所認識的那個愛畫畫、感情纖細的女生，不是外界想像世故精練的創業女強人。

　　慧君的畫也同樣單純，讓她感動的事她就畫下來，沒有學過任何與繪畫有關的專業技巧，她用孩童般的簡單線條

去描繪簡單的感動，和朋友一起喝杯咖啡說上幾句話；或者情侶共乘一輛摩托車遊花海，這些感動都很簡單，在每個人的日常生活中俯拾可得，不是羅密歐與茱麗葉式死去活來的感動；也不是愛因斯坦相對論那種要想破腦袋才能領悟的感動。

　　幸福在慧君看來再單純不過了，就是用心，用心的話天地間無事不讓人感動。即使在病中的她，筆下畫出的仍是對關心鼓勵她的人的感謝、對嶄新生命的歡喜與珍惜。命運給她的考驗雖然艱苦，她仍能用心的從中淬煉出同樣深度的幸福來。

《兩個女生的紫色夢想》一書作者　郭定原

我好像是太陽，臉圓圓的
笑起來很可愛。

♡簡單，筆就自由了。

## 輯一、快樂森林

目次

## 輯三、自在旅行

懶洋洋的在森林裡.
尋找靜謐的氣氛.
享受擁有的幸福感.
快樂生活是我最大的目標.

快樂森林

安靜的 山徑散步 隨意散漫
天氣真好 舒服得令人
不想離開

在 卡片中 寫上滿滿的關心
和祝福. 寄給 佔據我所有
的百分百情人

快樂森林

### 森林雨景

夏日午後雨水敲打著屋簷樹葉，滴滴答答聲音清脆。

突然一聲響雷，蟬叫停了，雨聲還繼續著。

雨之花

葛雷斯花園裡，雨不停落下，在水池上盪開一朵朵水花，青蛙很大聲的唱著歌。

## 雲端上的夢想

小時候看見天上飛機飛過，總是感到疑惑，拇指頭那麼點大的飛機，

怎麼可能像爸爸所說的，可以載很多人，飛到很遠的地方。

大人的世界中有許多小孩弄不清楚的事情，

就像小孩的世界中也有許多大人無法了解的夢想。

那時候我就夢想要有一棟飄浮在雲上的房子。

既然天上可以有大人的飛機，當然也可以有我的房子，

早上我會在窗戶邊看見爸爸手上拎著他的花布便當，

站在爬滿牽牛花的籬笆外等飛機。

### 森林咖啡館

長大後也坐了飛機飛到過很遠的地方,雖然不再渴望一棟飄浮在雲上的房子,

但每當坐在飛機裡,看著窗外底下向遠處無限延伸的密實雲層,

心中還是相信,那是飛機可以降落、我可以在上面漫步的天空陸地。

尖石店剛開業不久的一個下午,大雨方歇,我坐在森林咖啡館三樓靠窗的位置,

窗外油羅溪聚集的雲霧沿著溪谷爬上來,慢慢的籠罩了整個咖啡館,

遠處雨後新綠的山巒在流動的雲層中若隱若現。

在那一刻我忽然了解,我已經實現了擁有一棟飄浮在雲上房子的夢想。

## 葛雷斯花園

穿梭在花園的花叢中小徑，
帶著輕快步伐，
隨著林間蟬叫的旋律。

王媽媽在花園裡.

面對金黃色的陽光.
日子單純而美好.
悄悄告訴花園裡花草.植物
生活其實可以非常簡單

快樂森林

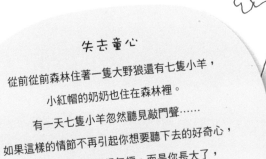

### 失去童心

從前從前森林住著一隻大野狼還有七隻小羊，

小紅帽的奶奶也住在森林裡。

有一天七隻小羊忽然聽見敲門聲……

如果這樣的情節不再引起你想要聽下去的好奇心，

並不是故事本身變得無趣，而是你長大了，

因此也失去了童心。

在森林中遇見走路的小兔子
代表幸福即將降臨。

  快樂森林

## 森林裡的龍貓巴士

直到長大了我還是很喜歡看童話式的卡通。

在卡通電影龍貓裡，

只有小女孩才能看得見龍貓、貓巴士、灰塵精靈，

曾有一個基督徒的朋友說，要先相信；然後才會看見。

當森林裡起風時，

我相信那是龍貓巴士正疾駛而過，

有一天我會看見。

### 梯分泥森林野宴

也是這樣的場景,在很多樹的林子裡,

你扮爸爸,我扮媽媽,我們有一個躺下就會閉上眼睛睡著的洋娃娃女兒,

我用你撿來的樹葉、青草、野紫莓做出滿滿擺了一地的餐點。

那時也像現在這麼悠閒,豐盛的野宴從太陽高掛一直吃到斜落西山,

直到我們各自被家人召喚回家去吃晚飯。

後來我們又被命運召喚,離家求學工作,走上自己的人生旅程。

太陽落下又升起,三十年也就過去了。

風緩緩的
花慢慢的
花見小徑
發現小小的幸福

### 分享幸福

把幸福的心情跟花草分享，於是花草也快樂的在風中，跟著手舞足蹈起來了。

紫色幸福

每到十一月，紫丘上的薰衣草陸續綻放，
幸福的人們像蝴蝶般紛紛飛攏過來。

### 許願樹

坐在許願樹旁，什麼都不想，
心中充滿了難以言喻的寧靜與喜悅。

我安靜 無言 帶著微笑
安靜是因為下過雨後的山徑
適合散步
無言是因為天地山川如此美好
而微笑則是昨夜睡得很飽

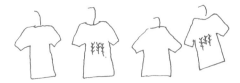

## 香草舖子

舖子裡的整面牆架上擺滿了各種不同的手工精油香皂，色彩繽紛，香氣瀰漫。

像是走進了百花盛開的王媽媽香草園。

森林入口處的淨身儀式，
噴灑帶有香味的薰衣草水，
洗淨旅途上的塵埃與疲憊。

迷迭香肉粽

摘花園中的美人蕉葉
把香草飯. 包裹迷迭香
拌炒香菇. 加一点熱情.
加一点想像. 再加一点快樂
粽香就在自然裡呼吸.
因為簡單. 我有新的創作.

快樂森林

## 寂寞嫦娥

中秋節是個團圓的日子。

只有月亮上的嫦娥依舊是孤單一人，搗藥的玉兔和伐桂的吳剛都忙著，沒空陪她，

幾千年來也只有美國的太空人曾經拜訪過她，語言不通，雞同鴨講。

「什麼時候薰衣草森林會來月球開分店啊？」舉頭望明月，我彷彿聽到了這樣的聲音從天上傳來。

## 阿爸的第一次

阿華趁著放暑假帶爸爸媽媽和阿公來森林裡過父親節,

這是我第一次見到阿華的家人,平常阿華總是和同學們一起來。

阿華有個當軍人的嚴肅爸爸,還有個當軍人退伍的嚴肅阿公,

偏偏阿華個性活潑不喜歡受拘束,

還曾為了違抗爸爸要他去唸軍校的命令離家出走過。

父親節當天我們逐桌邀請客人玩「親愛爸比」遊戲,

在阿華和現場工作人員熱情的鼓譟中,

阿華的爸爸親了阿公,阿華的媽媽還拿口紅塗在爸爸的嘴上,

在阿公的臉頰留下了一個大大的唇印,

大家笑得很開心,爸爸跟阿公的臉都染得紅紅的。

「謝謝你帶全家人到薰衣草森林玩,爸爸這輩子從來沒有親過你阿公,

今天是第一次。」那天回家後爸爸笑著跟阿華說。

這也是第一次阿華聽見爸爸如此認真的跟他說謝謝。

### 媽媽不要老

幫媽媽拍照的時候，發覺媽媽有好多白髮跟皺紋，

於是無法按下相機的快門，怕成了媽媽老去的證據。

媽媽是何時變老的呢？是不是因為我長大了，才讓媽媽也跟著變老了？

但願我不要長大，媽媽不要變。

### 浪漫婚禮

我想要一個在美麗的教堂裡舉辦的婚禮。

大聲的跟牧師說我願意嫁給你，讓你照顧一輩子。

永遠當3歲小孩
永遠過3歲生日

森林慶生

每個生日都是對平安渡過365天的慶祝，和另一個365天的期許。

## 光影流轉

某日的清晨醒來，忽然覺得有些憂傷。
想把腳步放慢，思緒放少，行程放空。
秋天的光影，適合優雅的節奏流轉。

修補寂寞

默默聽著微風與樹葉的竊竊私語，出神、想念，並用緩緩的呼吸，修補淡淡的寂寞。

天空好藍，
還有可愛的雲

### 紫丘咖啡館

躺在紫丘咖啡館的木椅上，看天上飛過的雲朵。

午後的感覺，像雲朵一樣的柔軟，風在吹，我的夢飄起來。

喜歡市場裡貼近生活的感覺

幸福顯影

### 逛菜市場

不只是為了要做出一餐飯才去菜市場。

當然最終目的是為了要做出一餐飯才去菜市場，但不能只看目的。

如果只看目的那還不如直接找家餐館吃飯，省時又方便。

我喜歡看菜攤上花花綠綠的蔬果，喜歡市場的熱鬧，喜歡踏實的生活味道，

喜歡買菜回家親手做成美味餐點跟大家分享，我喜歡這個過程。

因為很久才去一次，所以每次都覺得像要去玩似的。

幸福顯影

### 幸福雜貨舖

小時候巷口有一家老阿伯開的雜貨舖,店裡四個頂著天花板的架子隔出窄窄的三條走道,
架子上擺滿了各式各樣的東西,有爸爸的刮鬍刀、媽媽的醬油膏,甚至也有弟弟的尪仔標,
是我們這附近居民的購物中心。
我最喜歡幫爸爸媽媽跑腿去買東西,老阿伯總會免費塞兩顆五色糖在我手中,
回家的路上五色糖就像袖珍的足球似的在嘴巴裡滾來滾去,在舌頭上滾出甜甜的繽紛色彩。
後來鎮上開了大型的購物中心、小型的便利超商,老阿伯的雜貨舖最後終於關掉了。
現在的雜貨舖很不一樣,乾淨明亮,賣的都是很精美的居家用品。
但再也不會有人塞五色糖給我了。

## 庭妃的感覺

彈鋼琴的庭妃背譜能力很強，認路的能力卻超差，
好像她的記憶力僅供用在音樂演奏上，嚴禁挪作他用。
「只要抓住了旋律的感覺，演奏時音符就會隨著旋律不斷浮現，可是同一條路的感覺隨時都在變，
出太陽時的感覺和下雨時不同，上午陽光的影子和下午的又不同。」庭妃說。
難怪每次我們下午進城採買，到傍晚時庭妃就常常認不得回家的路。
於是我們乾脆把車停在路邊，吃著剛採買來的冰淇淋，讓庭妃慢慢找到回家的感覺。
彎彎的上弦月在天空微笑。

我想種一畝的鋼琴花架
薰衣草在森林裡給庭妃.

山上早晚比較涼
晚上可看到
數不完的星星

當星星出來時.
最適合分享森林發生的事.

### 雪中舞者

山野爛漫處的桐花，以旋轉的姿態飄落，像一個在雪中跳舞的女孩。

輕輕的捧著妳在我的手心上……

宛妮. 你看. 枝上
白白的就是油桐花.
五月桐花. 要来了.

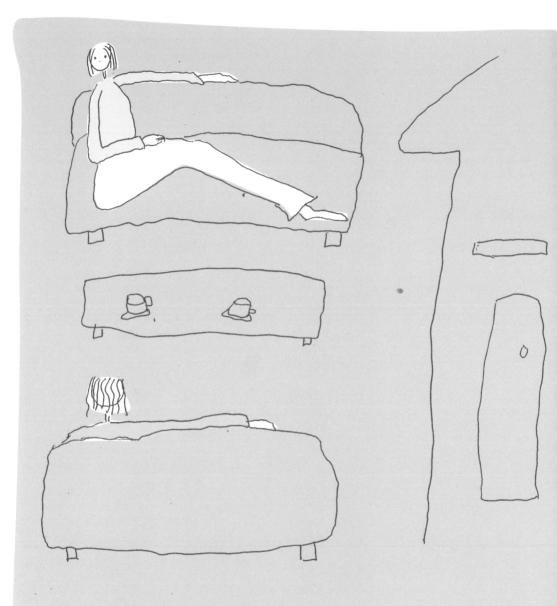

我們懶洋洋的坐在竹沙發
一杯拿鐵就是小小的無限.

### 生活中的小快樂

一陣輕柔的微風，一壺好喝的花茶，一次愉快的閒聊，
平淡的生活中有了這些小快樂也能夠很幸福。

薄荷

檸檬草

薰衣草

洋甘菊

玫瑰

放入好厚一片檸檬
找尋自己要的香草
加入 壺中 沖泡即可

tea

### 麵包出爐了

剛出爐的麵包香飄蕩在空氣中,有熟悉的法國麵包、和帶點鹹香草味的圓麵包,
風味獨特,是我非常喜歡的鄉村麵包。

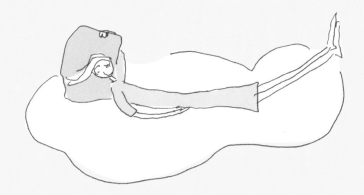

吃一口幸福的麵包
像躺在雲端上做夢
的人

生活中製造一點簡單的浪漫

幸福顯影

偶而也要到外頭走走
放鬆自己.

把快樂一朵一朵的裝進懷裡
愛情就自然向你靠近

  幸福顯影

心中的色彩由我決定

## 我要快樂

有的人每天都很快樂，即使颱風下雨打雷，即使出門忘了帶錢，回家掉了鑰匙，依舊是開開心心的。

有的人儘管實在沒有什麼理由該不快樂，每天卻總是不快樂，

好像內心的某個角落刻著「不快樂公司生產製造」幾個字似的。

不管遭遇到什麼事情，我相信要不要快樂是可以由自己來決定的。

工作就像是在玩耍

換菜單
一天試了兩道菜
超幸福的.

採訪 更衣室

上節目採訪
可以看見很多穿著
時尚優雅嫵媚
的藝人

我和庭妃給人的印象
還是簡單自然

  幸福顯影

進攝影棚接受採訪
我們帶小熊和薰衣草盆栽
把現場佈置的有薰衣草森林
的味道. 我們才不會緊張.

在電台採訪
覺得自己是在  雲上面
跟大家說話

幸福顯影

## 年輕真好

每次到學校演講，跟年輕的同學聊天，

同學們總會說，好羨慕我能夠實現夢想，功成名就，

希望自己也能夠早日達成夢想。

我反而還羨慕他們擁有美好的青春呢！

青春應該是盡情去enjoy的階段，

瘋狂的談戀愛，熱烈的探索世界，

人生的不同階段有不同階段專屬的幸福，

我現在所擁有的幸福，將來有一天他們也會擁有，

但他們現在所擁有的青春，

我此生無論如何是不可能再有了。

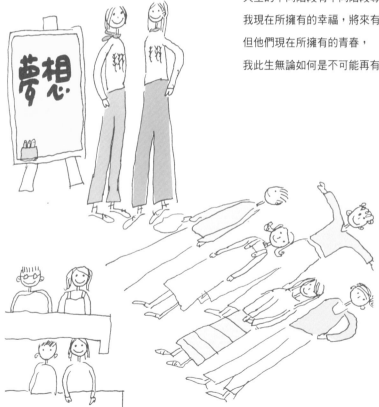

種下夢想的花朵.

  幸福顯影

夢想需要耕耘

## 信任

對你有一種似曾相識的感覺。
好幾次在森林中遇到這隻狗。
後來漸漸跟這隻狗處熟了，
有時也會蹲下來和狗玩耍，
摸摸牠的頭、拉拉牠的手，
狗躺在地上，
四腳朝天露出肚子，
像個嬰孩似的。
肚子是狗最脆弱的部位，
牠這樣是在表達對我的信任，
信任我不會傷害牠。
能被信任是一件很幸福的事，
不管是被一個人還是一隻狗。

謝謝你一直在我身邊

## 迎賓小熊

每天早晨，

我們把小熊抱到森林入口處的椅子上，

開始了他一天的工作，

風吹日曬他都不抱怨，

頑皮的孩子扯他摔他也不知道喊疼，

總是盡責的坐在那兒，

直到天黑了我們去帶他下班。

有一天晚上我們忘了把他抱回來，

第二天一早開店時他還坐在那兒，

睜著一夜沒闔上的圓圓大眼看著愧疚的我們。

我們跟小熊連聲說了好幾次抱歉，很認真的。

補眠中

時常給對方
心靈的支持與擁抱.

在城市中迷路的螢火蟲
想回山上去

螢火蟲一閃一閃的說：我在這裡 我需要一個朋友

  幸福顯影

耶誕快樂.

把我最想要的畫下來.

願望就會實現.

幸福顯影

## 我的全世界

能待在你身旁，就非常快樂了，因為彷彿倘佯在一片柔軟的海面上。
聖誕老公公，你就是我小小的全世界。

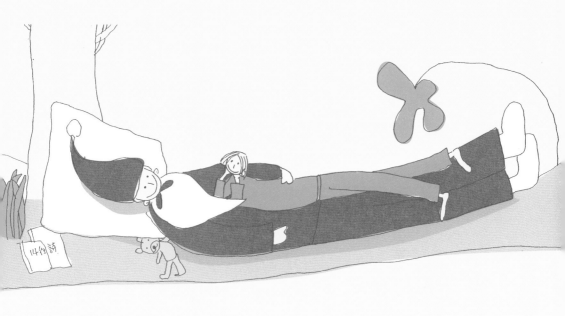

自在的躺在雲上面.
看見幸福的微笑.

勇敢的飛

### 好多好多

我有好多的期待、好多的希望,想把它們一一的種在生命的花園裡,讓花園綠意盎然。

可是我只有好少好少的時間。

夢‧起飛

## 溫柔的大樹

到現在偶爾我還爬樹。

小時候爬樹常被大人罵,罵沒有個女孩子樣;現在爬樹則被小孩子笑,笑沒有個大人樣。

坐在大樹的樹幹上,被枝葉圍繞著,有種像被情人溫柔的摟在懷裡的感覺。

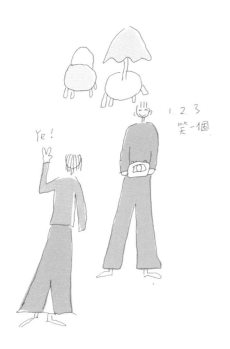

## 凝固幸福

「來！快樂的笑一個，不要動。」

你按下了相機快門，把我們此時此刻的幸福定格。

如果不要動就能把時光停止在幸福的此時此刻，

那麼我願意化身為森林中一座永恆的雕像。

一二三木頭人

這是歲月和我玩的遊戲，由我扮鬼。
「一二三木頭人！」
在我轉身張開眼睛查看的剎那，
總會發現某些事物偷偷挪動了位置，
薰衣草凋謝了，雨純當了媽媽，
Jeff去了很遠的美國，
而外祖母則去了更遠的地方，
遠到不會再回來。

### 細細品味生活

點亮吊燈給些溫暖的光，播一首慢板音樂，在廚房坐下來。
桌上剛泡好的咖啡香味緩緩擴散開來，和音樂混在一起。
愈來愈多是跟自己的對話。

雖然是一個人，
我相信有好心情就會有好運氣發生，
孤獨也有孤獨的美麗與快樂。

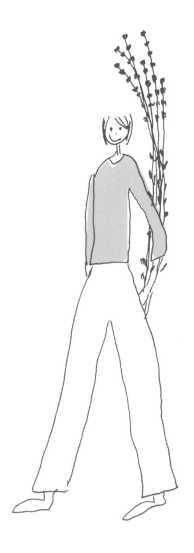

憂傷 的 大象

把心情曬一曬

把心情曬曬

陽光靜靜的，空氣靜靜的，山巒靜靜的。
我把腳步慢下來，把心情也曬曬。

在新社店山上的小房間外

釘一個跟法國一樣的曬衣架

想像在

法國氛圍中的感覺.

我的♡" 從未遠離法國.

穿薰衣草森林T恤環遊世界

艾菲爾鐵塔

穿薰衣草森林T恤環遊世界

薰衣草森林

馬賽舊港.

薰衣草已經採收的
塞農克修道院.

### 波爾多廣場噴泉

有這樣一個很美麗的傳說，只要背對著噴泉扔進一枚硬幣，將來就一定能再回到這裡。

我扔了兩枚硬幣進去，認真的許下願望，希望將來能和心愛的人一起回來。

## 英國人散步道  8/12（五）

推開城堡厚實的木門，陽光走進屋內。

天空是純色的藍，貼了幾朵悠閒的雲在上頭。

下課後去了英國人散步道，這是我這次來尼斯一直想去的地方。

我喜歡海，漫步海邊內心感到無比的幸福，風捎來溫柔的情事。

我的心情好輕鬆，海的顏色由淺藍延伸為深藍，乾淨而安靜。

好羨慕沙灘全裸作日光浴的人，聽著海浪聲，讓陽光把皮膚塗上一層棕色。

我發著呆曬太陽，Bravo 的美麗！

天空上
飄著三朵雲

自在旅行

穿薰衣草森林 瘋環遊世界

尼斯的英國人散步道

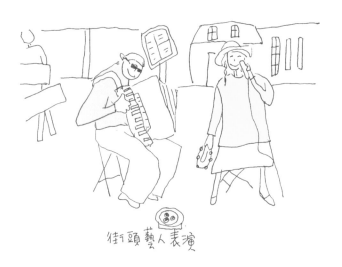

街頭藝人表演

自在旅行

有一個畫家在街道上畫圖.
她畫上愛情的句號.

NiCE ⟶ Menton    2005. 8/31.

To NiCE ←

Avenue Edouard VII

Avenue Boyer

100号公車

LA POST
寄巧克力
Pm 5:00

100号車
→ Menton.

ℹ️ 旅客服務中心.

Rue Pasteur
麵包店

結帳托盤    ST. MICHEL

Longue

在這家店
買了女項鍊

我非常喜欢.
麵包店.

yugur
以黃白色為
主題的店.
垃圾桶也是黃的

Rue SAINT    MICHEL.
人行步道    配裝.

PROMENADE DU SOLEIL
吃午亏. 一鍋淡菜 鮮美好吃.
12:30 — 3:00.

巧克力店.
毛毛
冰淇淋店
的桌椅. 很可愛

sun
桌面和椅子上
都上了鮮豔
的圖畫.

SP.J
Cocteau

MUSEE
EAN COCTEAU

Menton 有

義大利小鎮街道的味道. 簡陋的木門木窗. 狹窄的巷弄.

晒衣服在窗戶邊。

從行人徒步區. 轉進小巷子. 突然變得好安靜. 輕鬆隨意的走著.

這裡遊客不多. 很適合居住.

明的小鎮. 安靜柔軟的空氣. 聞起來清爽舒服.

沒有過多的人潮. 還有很多明亮的 光線 ✳

就像史考特的畫作. 簡單. 俐落. 一個太陽 一朵雲.

臉上還有光線的層層變化.

整個聖米歇爾教堂廣場

安靜. 無人.

只剩教堂洪亮的鐘聲.

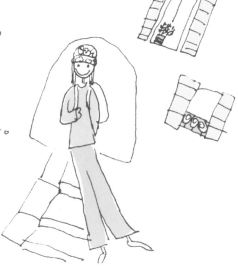

跟海很靠近的卡克多美術館
2F小窗戶看出去. 可以聽見海的心跳
風吹來是涼的. 海面船隻劃過

在蒙頓

## 貓咪在屋頂上睡著了

每天都是藍色的天空,從窗戶看出去是藍色的大海。

坐在窗戶邊,看書,風輕輕的吹。

隔壁的貓咪在屋頂上睡著了。

蕾雷斯

在慕頓的沙灘邊 吃海鮮 🥘 跟 waiter 媽媽
一鍋的淡菜 享受溫柔的海風 用簡單的英文 order
和金黃色的太陽
9月3. 海灘上還是吸引很多曬太陽的遊客

## MAS de Tourteron 餐廳

這個餐廳，要先通過兩個花園才會到入口。

橡樹環繞、花香草香的小農莊，桌巾餐巾碗碟都是我喜愛的藍色。

# 令人感動的餐廳.

 →竹編的 胡椒罐

 →竹編的

運用自然的原素

 ←竹編的冰桶.

Sorbet 冰淇淋.

桌上有桌花  — Basil

— 金色的盒子

 □ ←布擦冰的酒瓶.

酒瓶的水才不會滴下来

老闆親自. 吳分. 倒酒. Social.

花園一定有絶對設計

從樹枝上吊下来的火燈.

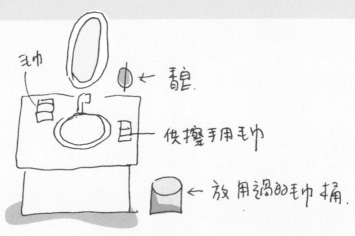

手巾

肥皂.

供擦手用毛巾

 ← 放用過的毛巾桶.

女主人從頭到尾.都在招呼.服務客人.
甜美.全都是女主人自己做的.

 甜湯.草莓蔓越莓     烤布丁.

Cake

由服務員
為大家服務
裝到盤中.
甜美.無限供應。

 吃到最後發現
還有一條魚也.

### 醉人的晨光

坐在街角的咖啡店裡，享受溫和的陽光與美味的早餐，

店外頭是迎面而來的棕櫚樹，和地中海渲染上升的湛藍色天空。

今天的溫度剛好，空氣很醉人。

### 在義大利餐廳裡

在一家義大利餐廳裡，
用聽不懂的法文order看不懂的義大利文menu。
趴在地上的狗對著吧檯邊的貓吠了一聲，
叫法跟台灣的狗差不多。

Gare Routi-
Bus. station

LA TABE

Parfum de
chocolat

黃色　一綠色

GRASSE 最有名的是香水 Parfume.

有許多店名都叫 Parfume de ─.

這裡唯一的一家巧克力店.

有很可愛的. 巧克力壁飾.

也賣茶. 茶罐. 馬克杯. 鐵杯.

店招說明有 Salon de Thé 的.

都可以坐下來喝茶. 吃蛋糕. 餅乾.

糖果巧克力.

他有室內座位和戶外座位.

我喜歡黃色的桌子和椅子

這家店的老闆看我讀真
做功課. 所以請我喝咖啡.

用的地方 裝置的彷若是
教室. 很有趣喔.

有大黑板 3塊連一起的
菜單介紹. 講台並二張
課桌. 左右分別是 2張椅
和一張椅.
前面座位區是用的

每一個城鎮都有巧克力店.

綠色的草.

裝牛奶的玻璃杯和白色的蜜糖巧克

杯子畫一顆樹和草.

## 上普羅旺斯的旅行

沿路是乾燥發黃的草　低矮的樹　和石礫山丘
一區區的部落　住著漂亮的房子　
煙囪. 歐式的窗戶.
　想像在房子中烤 PIZZA　香味竄流出窗戶
幸福的味道.

　看見　　一朵像魚的雲.

　麥田的小農舍

　天氣轉換太快. 天空覆蓋一片的灰色
　像女人的♡情.

### 法式優雅的旅館

Aix-en-Provence 的梧桐樹大道好漂亮,

我的心好孤寂。

找到一家Hotel Cardinal 的旅館,在教堂旁。

賣起司的老闆. 我是要拍他
舊舊的櫃子. 他一直擺好
姿勢要我拍.

街頭表演的芸人.

空氣中飄盪著歡樂的氣氛
市集裡推擠. 嘈雜. 的聲音.
各種氣味跟感覺. 好繽紛.

賣海鮮的冰櫃
好乾淨.

安堤布的
普羅旺斯市場

賣香料的小推車

HUITRES.
人的攤子. 在老樹前面.
　　賣新鮮的 HUITRES.
　　我試吃一個. 真是鮮美極了.
於是我買了一盤. 站著吃
　　　　老闆給我1叉子
　　　　和半顆檸檬

雜貨店 買 水果 和 冰淇淋木

走在 Aix-en Provence 林蔭大道
8月夏天裡. 風好涼. 一個人散步
尋訪初秋的樣子.
空氣中彌漫甜美的香氣
北邊是餐廳. 南邊是
舊弄裡幽靜優美的小旅館.
氣味是愉快. 創意和驚喜
街道上還有幾處小噴泉.

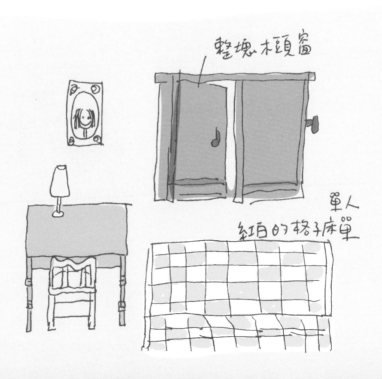

整塊木頭窗

單人
紅白的格子床單

中午. 買了2種好吃的法國麵包

黑橄欖法國麵包

橄欖的香氣 在嘴裡散開

拉著我的行李. 無限幸福的路程

　美在房子的鐘錶看板很可愛有趣

另一種法國麵包

　裡面 包CAMEMBERT 的起司

　很特別. 起司吃起来 像cream

　一般綿細.

　沈浸在幸福的味道中.

普羅旺斯
房子好漂亮
黃、紅、橘色
和粉紅色

自在旅行

窗戶看出去依岩石砌成的山城,
住在900年歷史的建築裡.
教堂的鐘聲. 想起先丟石.

每天早上第一件事, 就是檢查天空是不是藍的
然後 背著書包上學去.

早上8:15分的公車.

經過一座橋

左邊是一片一片的海.

記錄. 每一個風景.

♡情. 緊張. 又興奮.

天上的雲都一直在笑. 怎麼一直看到熊.
可能是太思念薰衣草森林的小熊 了.

Comment
ça va ?

這是我們的
Rita 老師

Moi.
我 蕾蕾斯.
完全聽不懂.

異鄉的小熊

下課後的回家途中，在一家商店的櫥窗裡看見一隻小熊。

小熊的屁股上縫著一小塊標籤，印著 "Made in China"。

我把小熊帶回家，讓他陪我說說中文。

c'est un chat.

喜歡坐在床上讀法文

我的房間. 有數百年的傢俱
住一個人剛好
古比貓. 趁我不在時. 睡我柔軟的枕頭

法國媽媽準備的晚餐.

馬札瑞拉起司
蕃茄.羅勒

沙拉

鹹魚.胡蘿蔔
燉辣椒

配白飯.

法國木棍麵包

藍乳酪

 ~碟巧克力乳

買菜

晚餐的食材是下課後經過露天市場時買的,

依照法國媽媽給我的菜單,用很破的法文跟攤販主人溝通。

我家就是你家

喜歡住民宿，喜歡和民宿主人聊天，聊經營理念，聊生活美學，聊民宿附近好吃好玩的地方。

每住一個民宿，就多認識一位(或者一對)有特色的民宿主人。

「把這裡當成自己的家！」主人這樣說時總讓我感到窩心。

## 坐火車

喜歡坐慢慢的火車，行駛中會有匡噹匡噹的聲音，風景跑得也不會很快，

每個小站都停一會兒，可以下去走一走，和小販聊聊天。

坐當地的交通工具，是融入環境的開始。

雲上飄浮

開車去奮起湖緩慢民宿的山路上，冷不防的就衝進了一大片迎面而來的雲霧裡。

厚實的雲霧把周圍所有事物都藏匿了，偶爾有車子交會而過，

車前的兩束燈光像盲人的枴杖一樣小心的摸索著前方的路。

我乾脆把車子停在路邊，熄火。

細微的雲霧緩慢的向前方流動。

讓雲帶著我飄向不知處的遠方。

### 快，為了慢

要住緩慢民宿，首先手腳要快，

早早就要預先訂房，慢了就被搶光了。

然後住房當天用一百公里的時速開上一段很長的高速公路，

接著再開一段必須不停超越龜速的遊覽車與大卡車的山路，

最後你總算來到了緩慢。

當你放下行李，喝著管家奉上的桂圓茶時，

好像在你正前方的牆上就掛著一張隱形的悠閒許可證似的，

讓你可以理直氣壯的慢下來，

暫且不管明天又得如何去趕那山路與高速公路回台北。

趕快，是為了有更多的時間可以享受緩慢。

### 去合歡山玩

合歡山下雪了！

雪裡像是裹著甜甜的糖蜜，

吸引遊客像蟻群般沿著蜿蜒的14號公路爬上山來，

山上變成一個巨大的停車場，堆雪人的、打雪仗的，

雪花飄落以賞雪遊客的嬉笑喧嘩作為背景聲音，極冷的熱鬧。

傍晚雪就停了，

當第二天太陽溫暖的照上山頭時，雪人和遊客都不見了。

雪人唯一不缺的就是溫暖

懷念高山烘培坊

雲靜靜的走過，從清境的山到新社的山。

走過城市，走過鄉野，麵包的味道，無聲無息的依偎在身邊。

雷雨交加 穿過雨中的山路
像在大海中航行
我想念,那瀰漫森林的香氣

雨的記憶

最近雨下不停，閉起眼睛，聲音就上來，畫面就出來，

苗52縣道的雨聲，打擊音樂會的鼓聲，清楚異常，

曼谷水上市集的叫賣聲，彷彿如昨。

## 工作是一場旅行

在通往咖啡館的路上開車，是一種樂趣。

尤其在夜晚，孤單亮著的路燈，籠罩在寂靜的星空下，

路上還有小蟲和蛙鳴聲，這樣如魚得水的自由，

心情也隨著空氣中的花草香氣浮動。

我想要一個陪我旅行的情人

第一次 2個人的自助旅行
單眼相機 与自製旅行地圖.

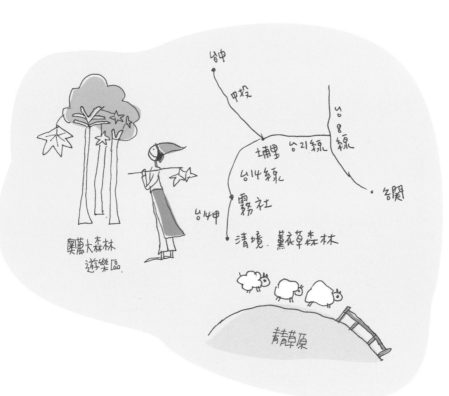

台中

中投

台21線

台8線

埔里

台14線

霧社

台14甲

台8線

台關

清境. 薰衣草森林

奧萬大森林
遊樂區.

青青草原

今天的天氣有太陽 和
暖暖的微風
我們出發了. 好高興.

愛情萬歲

**最棒的享受**

坐下來休息，
曬著暖暖的陽光，
啃起麵包來，
是旅行最棒的享受。

去海邊,
是我們最浪漫的事.

沉醉愛情

沿著地中海的岸邊走
海風穿過掌心
好像握著你的手
在海邊漫步.

沉醉愛情

我們騎 ㄆㄨㄆㄨ
參加新社花海行.

跟你在一起好快樂

Lavande Lover

## 我想

我想與你喝一杯咖啡，聆聽一首歌，讀幾頁報紙，並說上幾句話。

沉醉愛情

好想跟你更靠近

當愛跟談戀愛一樣浪漫

沉醉愛情

## 相逢在黑夜的海上

夜，很深，像看不見底的海洋。

我們相遇，

兩盞小小的螢火是定情的信物，

在彼此閃動的眼眸深處，

烙下海枯石爛的誓言。

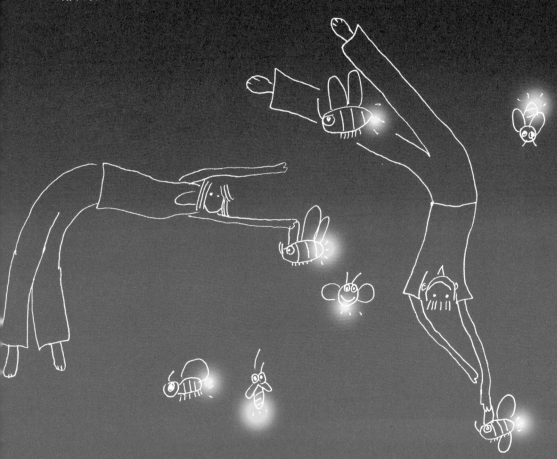

今天的星星好多 ☆☆
我們在大草坪上看星星
很多的星星 代表你的愛很多.

我的水電工男友

我是個生活低能的女人
電腦經常當機
車子冷氣不冷
電視壞掉
手机掉入馬桶

所以 我需要一個能馬上修好的男人.

我喜歡陪我逛市場的男人.

### 你愛畫樹

我喜歡陪你一起在草地上曬太陽、看書。

你說你喜歡看我畫畫,畫的都是大樹。

沉醉愛情

幸福雙人舞

下雨了，
森林裡開出一朵朵浪漫的紫花。
雨牽起了情侶的手，
拉近了傘下愛情的距離。
幸福的雙人舞才正要開始。

平淡生活中 你還是我最愛的 北鼻

親愛的北鼻，這是為你煮的生日晚片.

簡簡單單的與你在一起. 做 三明治. 煮 咖啡

## 幸福早餐

新聞中氣象播報員常會語氣堅定的說，明天天氣晴朗，氣溫為攝氏多少多少，

然後就會看見電視螢幕上貼出一顆閃閃發亮的太陽，

好像是老天爺所頒發的晴天核准章似的。

不過山上的天氣可不是這樣，常常艷陽高照時不知從哪裡偷偷摸摸的飄來一片雲，

矇住太陽後就開始下起雨來了，晴天在山上不是必然的。

天晴不是必然，朋友的關心不是必然，平安的又過了一天不是必然，

有心愛的人陪著一起吃早餐也不是必然。

這些難得的禮物，擁有它們我充滿喜悅與感謝。

## 夢中有伴

睡前聽見你的聲音，夢中便得伴。

沉醉愛情

愛你

就要大聲說出來

你是我的棒棒糖
因為有你‥
裝的不只是感謝
還有我們滿滿的
幸福。♡ Thank You

## 特別

我喜歡你，因為你很特別，也讓我覺得我是世界上最特別的人。

我跟著花辮碎而来
因為我聞到花香

帶著一瓶薰衣草
作為思念.

我的思念,隨著花瓣,飄到你手裡

## 夢幻愛情

愛情，如陽光下飄飛的七彩泡泡，
輕盈而美麗。
但有時輕輕一碰就破了，
消失得無影無蹤。

沉醉愛情

## 戀曲1980

「啦……啦……，今天的歡樂將是明天永恆的回憶。」

沒有人可以永恆，永恆的只有回憶而已。

我會永遠想念你，那是我愛你的方式。

微笑的魚

從此以後過著幸福快樂的日子。

總是希望能夠找到這樣的愛情。

事實卻經常不是這樣，至少不是這麼簡單，

不用心照顧的話，愛情也會生病，日子也會狂風暴雨。

那隻回到湖中的魚也仍要很努力，才能好好的活下去。

我想起幾米那條微笑的魚
或許那是隱藏在內心深處對愛情的渴望

沉醉愛情

Yes, I love you

### 相信愛情

森林裡的大野狼愛上了小綿羊。

「我雖然外表很凶惡，但我的內心其實是溫柔而善良的，

　讓我們一起勇敢去追求幸福的愛情吧！」大野狼說。

「那你可以把心掏出來讓我看看嗎？用行動來證明你說的是真的！」小綿羊問。

「我不能那麼做，當我把心掏出來證明給妳看之後，我也就死了。

　妳必須相信我，相信愛情。」大野狼回答。

「我願意相信你，可是我不敢相信愛情。」小綿羊說。

### 遇見青蛙王子

雨不停下，愈下愈多。

我在花園裡的池塘邊遇見一隻青蛙，頂著大大的雙眼看著我。

我想去親一下他，也許他會因此變成一個英俊的王子。

不在你身邊，是為了要想念你．

二月

29

本日放假一天

## 放愛情一天假

「我愛妳，我的眼中只有妳」你說。

「那麼我要放一天假，從你眼中走開，挪出位置讓你看到這個世界，這是我愛你的方式」我回答。

喂， 你知道我在想你嗎

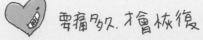 要痛多久.才會恢復

一個人的情人節

我們的感情
在記憶中演出

## 和自己私奔

常常忘記還有個自己存在。

關心了家人、關心了戀人、關心了朋友、關心了寵物，關心了植物，

連遙遠的北極熊都沒有忘記關心。

但卻忘記關心距離最近的自己。

怕孤單，怕和自己相處，不喜歡單獨旅行，不喜歡單獨吃飯，很少花時間來想想自己。

總是用外在的什麼東西來霸佔心中原本該留給自己的位置。

## 心中的兒童樂園

在我的內心深處，有一座兒童樂園，有一座旋轉木馬，

不管得意失意、快樂悲傷，我都可以回到這裡，

像個孩子般讓木馬載著我，隨著音樂溫柔的轉動。

你在，小熊也在，我們的兒童樂園。

沉醉愛情

# 花飄落我懷裡：薰衣草森林兩個女生的幸福繪本

2008年11月初版　　　　　　　　　　　　　定價：新臺幣320元
有著作權・翻印必究
Printed in Taiwan.

|  |  |  |  |
|---|---|---|---|
| 著　者 | 詹 | 慧 | 君 |
| 企劃執行 | 郭 | 定 | 原 |
| 發行人 | 林 | 載 | 爵 |

出 版 者　聯 經 出 版 事 業 股 份 有 限 公 司
台 北 市 忠 孝 東 路 四 段 5 5 5 號
編 輯 部 地 址：台北市忠孝東路四段561號4樓
叢書主編電話：( 0 2 ) 2 7 6 3 4 3 0 0 轉 5 0 4 8
發　　行　　所：台北縣新店市寶橋路235巷6弄5號7樓
　　　　電話：( 0 2 ) 2 9 1 3 3 6 5 6
台北忠孝門市：台北市忠孝東路四段561號1樓
　　　　電話：( 0 2 ) 2 7 6 8 3 7 0 8
台北新生門市：台 北 市 新 生 南 路 三 段 9 4 號
　　　　電話：( 0 2 ) 2 3 6 2 0 3 0 8
台 中 門 市：台 中 市 健 行 路 3 2 1 號
　　　　電話：( 0 4 ) 2 2 3 7 1 2 3 4 e x t . 5
高 雄 門 市：高 雄 市 成 功 一 路 3 6 3 號
　　　　電話：( 0 7 ) 2 2 1 1 2 3 4 e x t . 5
郵 政 劃 撥 帳 戶 第 0 1 0 0 5 5 9 - 3 號
郵 撥 電 話：2 7 6 8 3 7 0 8
印 刷 者　文 鴻 彩 色 製 版 印 刷 有 限 公 司

叢書主編　林　　芳　　瑜
　　　　　賴　　郁　　婷
美術設計　柳　　惠　　芬
　　　　　謝　　從　　瑋

行政院新聞局出版事業登記證局版臺業字第0130號

ISBN　978-957-08-3353-9（平裝）

國家圖書館出版品預行編目資料

花飄落我懷裡：薰衣草森林兩個女生
的幸福繪本/ 詹慧君著.初版.臺北市.
聯經.2008 年 11 月（民 97）192 面
16.5×19..5 公分.

ISBN　978-957-08-3353-9（平裝）

855　　　　　　　　　　　　97021415